CONTENTS

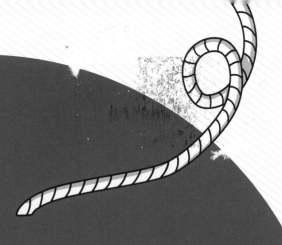

1,000화 동안 인류의 정신줄을
놓게 만들던 사악한 작가들은
8인의 용사들에 의해 봉인되고…
이후 세상엔 평화가 찾아왔다.

그렇게 정신줄 세상에
10년이란 세월이 흐른
어느 날…

갑작스럽게
작가들의 봉인이
풀려버렸고,

6

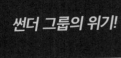

썬더 그룹의 위기!

뛰어난 능력을 보유한
정령과의 경쟁은 인간 세상의
경제 구도를 재편하게 된다.
수많은 회사의 흥망성쇠 속에
인간의 생활도 급변하게 된다.

고오오오오‥

쿠쿠쿠

쿠쿵

정령계가 지구 위에
나타난 지 2년….

그 2년 만에
우리 DBJ그룹과
썬더그룹이….

후‥

괴상한 정령들에게
시장을 빼앗길 줄이야….

※ JU:정령 유니언.

인간들 위에 올라서기 위해
인간성을 포기하면서
여기까지 올라왔는데…

애초에
인간이 아닌 것들을
도대체 어떻게
이기지?

어쩔 수 없지,
뭐….

찰랑ㅡ

정신줄 놓고 사는
우리 임원들을 단단히
혼쭐낼 수밖에….

더 할 말은 없지?
피차 바쁜 몸이니
이만 돌아가 줬으면
좋겠어.

너… 변했어.

'그 애' 때문이야?

개는 이제 없어.

너 혼자
사업하고 싶으면
그 얘기 한 번만
더 해 봐.

흥….

예민하게 굴기는….

그나저나 저 기업은 또 뭐람….

정령 유니언만으로도 머리 아파 죽겠는데….

땅에 석유 좀 나는 졸부인 줄 알았더니,

어떻게 손만 대면 대박이 나는 건지, 원….

박순이네 회사를 위하여—!!

짜자

안

꿀꺽—

꿀꺽—

아— 대박
맛있어—.

푸하

역시 친구들이랑
마시는 술이
최고야—!!

이게
얼마 만이야,
일등아—.

국제 경찰이 멋진
일인 건 알고 있지만,
몇 년씩 못 보는 거
심하지 않아?

하아…

시국이
시국이어야지—.

정령계가
튀어나왔다고~

지구 문제도
골치 아파 죽겠는데
지구만 한 게
하나 더 늘었으니…

범죄 관련
법 조항만
24만 개가
더 생겼다니까?

지금도 계속
바뀌는 중이고.

사악한 작가들의 정신줄 제대로 놓은 이야기!
지금 시작합니다!

내가 특별한 일이 뭐 있겠어ー.

여전히 취업준비 중이지 뭐ー.

흠… DBJ 식품 다니지 않았어?

DBJ 식품은 옛날에 그만뒀지ー.

글쎄 올해부터 식비 지원을 더 이상 안 해준다는 거야!

대기업이라고 좋아했는데, 순 악덕 기업이었어!

……

대기업도 주리 식비는 부담되나 보네…

휴~ 아빠도 이제 은퇴하셨는데.

뭐라도 하겠다고 자꾸 나가신다니까.

하아‥

사랑헤어 입니다!

지금 오시면 커트 24% 할인이에요!

사랑헤어 입니다ー.

째깍

째깍

째깍

째깍

…이 사람들이…

다들 안 올거면 얘기를 하든가….

부들

부들

아빠 고집만 아니었어도 진작에 나갔을 텐데!!

조만간 내가 수시 꼭 붙고 만다!!

우울

우울

아니지, 지금 그냥 확 나가버릴까?

알바로 돈도 꽤 모았는데.

궁시렁

궁시렁

아니야.

그래도 내가 없으면 이 집안이 어찌 될지…

…….

방금… 뭐였지?

헉….

부들‥

헉….

마구 뒤섞여 엉망이 된 세상!
놓친 정신줄을 다시 잡을 수 있을까요?

둥실둥실 떠오르다

대신 사랑헤어 내부에 자그마한 분식집을 차릴 예정이야!!

어때, 멋지지?!

아니!! 아빠!! 미용실에 분식집이라니 이 무슨…

완벽한 계획인가요!! 어쩜 여태 이 생각을 못 한 거지?!

그렇지? 미용실에 온 손님들은 꽤 오래 기다리시잖아!

맞아요! 기다릴 때 어찌나 배고프던지!!

어… 어쩌지. 나도 곧 회사 면접 가야 하는데….

모르겠다, 뭐…. 잘 깨어나시겠지!

아버지! 꼭 합격해서 집안을 책임지는 자랑스러운 딸이 될게요!

둥
실..

휴… 다행히 늦지 않았네.

정 과장이 속셈이 있을 리가···

수상한 인간이다!!
당장 유니언에
보고해!!

둥실

둥실

인간의
무단 접근을
저지하라!!!

펑

펑

펑

펑

젠장!! 식이섬유
함량이 부족해!!
좀 더 제대로 된
똥은 없는 거야?!

그…그게
아직 유니언에서
식이섬유 배급이
안 나와서….

둥실

둥실

철퍽

철퍽

제길!!
절약의 정령들
때문인가!

절약할 걸
절약해야지!!

말도 안 되는 소리!!
우리 위대한
정령 유니언의 보호 아래
그 어느 때보다 안전하고
풍요로운 시대가 열렸는데,
기쁘지 않다니요!!

이런 좁은 공간에
가둬 놓고 어떻게
기뻐하라는 건가요!

너무나 안전하지
않습니까?!

썬더 호텔 VIP 특실과
진귀한 뷔페 정도면
눈물이 날락 말락….

그건 좀
선 넘네요!!

바닥의 정령 왕국을
구한 위대한 영웅!
정 과장이 분명해요!!

설마… 우리
보석의 정령을
구하러?!

대사님… 기회는
지금뿐입니다.

영웅 정 과장과
함께라면 아마도
어떻게든….

자…
장로님?

에잇!! 대사님!!
영웅 정 과장과 함께
어서 탈출하십시오!!

으앗!
뭐… 뭐야,
이 녀석!!

크윽!!
미안해요!
모두들!!

헉…. 저… 정말로 탈출했어!!

어… 으…. 머리가 너무 시원….

응?

감사합니다!! 정 과장님!! 덕분에 제가 정령 유니언으로부터 탈출할 수 있었습니다!!

어… 네?

누… 누구?

※수상한 귀중품은 경찰에 신고하세요!

바닥에 떨어진 카드나 돈을 주워
함부로 사용하면
정신줄 놓는 결과를 초래할 수 있어요

47

그런데…
간부회에서 우리를
왜 부른 거지?

쿠오오오

정령
UNION

끼이이이…

배변!

위대하신
간부님들께
경례!!

절약!

처억!

쳐!

응응.
쉬어, 쉬어.

저어… 그런데
왜 저희를…
부르신 겁니까?

응? 연락이
안 갔어?

「유니언 알림이
2022」 안 깔았어?

아, 올해 예산 절약 때문에 서버 닫기로 했어. 전체 예산의 24%나 잡아먹고 있길래….

뭐 인마?! 그런 건 미리 말했어야지!!

알림이로 보냈잖아.

닫았는데 어떻게 봐! 24%나 잡아먹는 이유가 있다는 생각이 들지 않는 거야?!

흠흠… 뭐, 어쨌든… 차기 간부가 된 것을 축하한다!!

보석의 정령들에게서 보석을 공급받는 프로젝트를 잘 성공시켰더군. 덕분에 유니언의 자금 숨통이 트였어.

자, 이걸 받게!

쳐!

감사합니다!

간부를 상징하는 황금 수도꼭지라네.

달 칵

여… 영광입니다!

응. 이 상자는 다시 재활용해야 하니 가져가겠네.

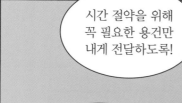

정신줄 놓고 사는 건 인간이나
정령이나 별반 차이가 없네요

아, 그런데 배변 군.

아까부터 폰을 들고 계속 뭘 하는 건가?

네?

아~ 이거요?

인간계에서 유행하는 건데, 라방이라는 거예요.

일할 때 틀면 인간들이 응원도 해주고 기분이 좋아요!

으~응? 라방? PC방까진 들어 봤는데….

별의별 방들이 생겨나는군.

대박대박ㅋㅋ… 정령 간부들이 라방도 모르는 거야?

뭐… 모를 수도 있겠지….

응원? 아~ 이 하트 같은 게 올라오는 거군….

어?! 지금 설마…

정령계 간부 회의를 라이브로 찍고 있는 건가요?

아, 네…. 아직 저들은 라방이 뭔지를 이해 못 한 것 같습니다.

55

어험! 역시 인간계에서 오래 굴러… 아니, 살던 배변 군은 인간을 아주 잘 이해하고 있군! 간부로 삼길 잘했어!

…흥!

영광입니다, 간부님!

앞으로도 라방은 물론 인간의 문화를 모두 섭렵해, 우리 유니언의 힘이 되어주게!

자~ 그럼, 신입 간부 선임도 끝났으니 슬슬 정기 회의를 시작하지!

자! 그럼, 책상이 너무 길어서 차마 이 컷에 담지 못한 24만 8천 2백의 정령 대표들이여!

모두 일어나 정령 유니언 선언문을 낭독하여 우리의 하나 된 마음을 확인합시다!

사방에서 정신 놓게 만드는
경제 소식이 들려와도!
우린 정신줄 꽉 붙들어 매기로 해요!

우리 가게는 운영비 절감을 위해 전기를 쓰지 않으니, 직접 갈아 드시면 됩니다.

그리고 4분 24초 후엔 나가주세요.

아… 네….

휴… 드디어 다 갈았네.

8초 남았습니다.

대놓고 손님을 푸대접하는 영업방식에
정신줄을 놓아 본 적 있나요?

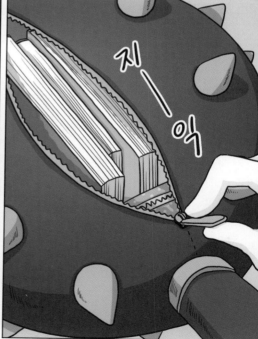

어제 봤던 시험 24번 문제가 잘 이해가 안 되는데요.

아, 그거 질문이 많아서 수업 때 한꺼번에 알려줄게.

이번 학기 환경미화 계획안입니다. 쿠쿠쿡.

아! 응원의 한마디 릴레이 게시판이라… 좋은 아이디어네!

수고했어. 미화부장!

오늘의 응원 한마디는 네 녀석이다! 쿠쿠쿡….

신랄한 응원으로 너의 눈물샘을 산산조각 내주지! 쿠쿡….

정말 착한 아이들이야…. 요즘 패션과 SNS 말투는 도무지 이해할 수 없지만….

이런, 이런. 나의 눈물샘을 우습게 보는군.

저벅

저벅

두

둥

드르르르륵

…여기가
4반인가?

그래⋯.

어디 한번 기대해보지.

네 녀석들의 실력을⋯

훗⋯

쿠오오오오오오오오⋯

이놈의 교육열은⋯

대체 어디까지 높아지는 걸까⋯

쿠오오오⋯

쿠오오오 ⋯

너무 뜨거운 교육열에 정신줄 놓을 거 같아요⋯

두 달 후

성적 발표

아…
이번 모의고사
전교 1등도… 정구란다.

뭐…

뭐라고요?!

쿠구구

후….

어쩔 수
없군….

ㄱㄱㄱㄱ.

흠!!

콰

악

흐음!!

이… 이럴 수가!
반장, 여태까지
강철 조끼를 입고
공부했던 거야?!

후후후후….

그동안
내 힘의 8%만
쓰고 있었지만…

이젠
내 힘의 전부를
개방해야겠군….

울꼰

울꼰

8 Kg

8 Kg

저…
저 녀석이
또!!!

이…
이 건방진!!

안 되겠군….
공부로는 녀석을
이길 방법이
없는 건가….

그렇다면
수행평가로
승부할 수밖에….

미화부장,
당분간 네 녀석과
연합전선을
펼친다.

그래, 저 녀석을
저승으로 보낼 때까지
우린 한 팀이다!!

정신줄 놓을 거 같은 학생들의 경쟁은
다음 화에 계속됩니다

찌릿

월간 장어

흠

칫

봉사 활동~
봉사 활동~

아이고~ 나무에
누가 전단을
붙여 놨네~?

도… 도저히
그 녀석의 빈틈을
발견하지 못했습니다,
반장….

흠…
실망스럽군.

녀석은…

20분도 버티지 못할 것이다.

골대 앞까지 걸어가서 5m 높이에서 내려 꽂는 토템폴 폴링슛은…

골키퍼들에겐 공포 그 자체였지….

찰랑…

그나저나 총명탕의 점도와 풍미가 훌륭하군.

네! 48가지 천연 약재를 조심스럽게 조합하여 4주간 정성스럽게 달여내었습니다!

처억

감사합니다!

그 정성이 갸륵하여 특별히 1시간의 봉사 점수를 주지.

저…
정신 차려!!

와아ー

와ー

2단 토템 정도로는
전혀 위력적이지
않아!

부들

부들

누… 누가
내 손 좀
풀어줘….

정신줄 놓은 반복은
어디까지 이어질지···

...돌고래의 초음파까지
돌파해버리는
녀석이었습니다.

저도 도저히
초음파는….

오들

오들…

크윽….

그 녀석을 처단할 방법이 정녕 없단 말인가…?

이런~ 이런~ 아직도 고생하고 계신 겁니까?

음… 네 녀석은?!

요리부장 최요리?

두 둥

쿠후후.

마카롱 좀 만드는 재주가 있어서 어여삐 여겼건만…

상당히 건방진 등장이로구나, 최요리.

쿠오오오..

후후… 진정하시고 일단 제 우황청심환 마카롱을 드시며 마음을 가라앉혀보시지요.

역시.
너의 요리 실력만큼은
인정할 수밖에 없군.
불편했던 심기가
가라앉았다.　그래도 네 녀석의
건방진 태도는
이해할 수 없군.

우물

우물

해명할 기회를
2분 줄 테니, 어디 한번
해명해 보아라.

황송하옵니다,
반장.
다름이 아니라…

저 최요리,
정구 녀석의
약점을 찾은 것
같습니다.

삔

뚝

뭐… 뭣이?!
그 녀석에게
약점이?!

마… 말도
안 돼!!

쿠쿡…
저도 너무나 우연한
기회였습니다만….

뜸 들이지 말고
어서 설명하지
못할까!!

네,
후후….

때는 2교시 전…
점심 식후의 식곤증을
해결하기 위해 개발 중인…

청양고추 마카롱을
학우들에게 테스트하던
때였습니다.

끄아아악!!!
물! 물 좀 줘!!!

2번 친구
실패…

3번 친구
실패…

어떤가요?
조금 정신이
드실…

콜록!!
콜록!!

콜록!!

응?

정구 군…
무슨 일이시죠?
혹시 코로나?

학우분들의
건전한 면학 분위기를
위해 즉시 조퇴해
주시겠습니까?

콜록!
콜록!

아니…
그게 아니라….

그 마카롱 좀 치워줄래…?

내가 매운 걸 잘 못 먹거든….

호오~ 잘 알겠습니다. 당장 치워드리지요.

꽤—액!!

매운 걸… 못 먹는다고?

그 커다랗고 무시무시한 녀석이?!

네, 매운 음식 주변의 공기에만 닿아도 어쩔 줄 모르더군요.

정구의 대위기!
과연 반장은 어떤 사악한 계획을?!

쿠쿠쿡…

이곳이 정구 군의 자리군요.

아… 아닌가…?

옆이었나?

앞? 뒤?

후… 그냥 다 뿌려버리죠….

또옥

똑…

똑…

후후후…

이건 아직 시작일 뿐입니다, 정구 군….

또옥..

똑..

제가 준비한 환상의 코스를…

천천히 음미해 보세요….

룰루루~

신나는 월요일 아침을 가볍게 수학 모의고사로 기분 좋게 시작해 볼까?

스윽‥

음~ 향긋한 종이 냄…

팔락

오와—악!!!

우당탕탕

다른 많은 친구도 언제나 눈을 감고 열심히 수업을 듣고 있습니다!!

아니… 저건…

음…

저… 정구야… 수업이 문제가 아니라…

오늘은 긴급 모의고사 날인데?

뭐!

뭐라고요?!

깜짝!

긴급 모의고사는 또 뭐야!!

설마… 애들한테 공지 안 했니?

어머, 그럼 긴급 모의고사가 아니죠♡

뭐, 그렇긴 하네.

자! 다들 긴급 모의고사를 준비하도록!

정구 너는 어서 병원을….

아닙니다!!

저는 언젠가… 이런 일이 발생할 것이라고 예상하고 있었습니다!

누구에게라도, 얼마든지 일어날 수 있는 일이니까요!

정신줄 놓을 만큼 위태로웠던
경험을 해 본 적 있나요?

시즌3
놓지마정신줄!! 13화

무인매장을 차렸어요

입지는 정말 최고인 곳이야!

끙… 내가 잠시 출장 간 사이에

소중한 퇴직금으로 이런 일을 저질러 버렸을 줄이야….

잘했지!

알겠소. 어쨌든 시작했으니 꼭 성공합시다.

힝… 섬세한 내 손이 얼고 있어.

아자! 아자! 화이팅!

과장과자장 무인 아이스크림

아이스크림 SALE

다음 날

음흠~♪

어디 얼마나 나갔나 볼까~!

오오! 그 많던 아이스크림이 몽땅 팔렸네!!

역시 반응이 좋을 줄 알았어!

터엉

성공이야! 나도 이젠 건물주…

매출 400원

응?

삐빅-

이… 이게 뭐야! 설마 도둑?!

대체 어제 무슨 일이 있었던 거야!!!

보는 사람이 없다고
정신줄 놓은 짓 했다간 큰코 다칠 거예요!

러브러브러브!

러브러브러브!!

내…
내가 이쪽은
위험하다고
했잖아!

제길!!
그런 말은 일단
여길 벗어나서
하자고!

헉!!

마… 막다른 길이야!!

러비러비러비?

러비러비?

츄와압

러뷰―――웃!!!

아아아아아아아 아아아아아악!!

'정글 코코넛'과…

두

'핑크 스핑크스'!!

텅

이 녀석들!!

오늘은 절대 밖에 나와선 안 된다는 걸 잊었나!!

죄… 죄송합니다! 정글 코코넛 님!

버럭!

크리스마스 한정 케이크에 눈이 멀어 그만….

뭣이?!

고작 케이크 따위에 목숨을 걸어?!

히잉…

써⋯
썬더헤어!!

눈에 띄는
기술은 쓰지 말라고
했건만!!

깜짝!

쿠
오
오
오

흐음⋯.
저 쓸데없이
난폭하고 단순한
공격 패턴은⋯

휘

오

오

오

오

썬더헤어?

어째서
솔로시티로
돌아온 거지?

뭐…
그래봤자…

솔로부대의
대장이 없는
지금…

이번에야말로
쿼푸을 군단의
승리다.

네네짱…
조금만 기다려…

곧 쿼푸을 님이
강림하시면…

151

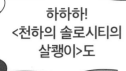

하하하!
<천하의 솔로시티의
살쾡이>도

내 앞에선
한낱 귀여운
아기 고양이!!

덕후!! 쿼푸을은
유리처럼 깨지기
쉬운 존재라는 걸…

내게 알려주었던
그때로 돌아오라고!!

부질없는 반항은
그만두고 얌전히
쿼푸을 님의 군단이
되어라!

오빠가 왜 이리
못 싸우지…?

썬더헤어,
오빠를 자세히
봐라.

싫은데?

……

공격하지 않는다고···?

그런 바보 같은 짓을···.

네네짱과 사랑에 빠진 내게··· 솔로의 감정이 있을 것 같으냐?

후후··· 쿼푸을이 네 기억을 잠식했다 해도···

피로 맺어진 우리의 쌍무적 계약은 어딘가에 남아 있을 거야···.

뭐야, 저게 쿼푸을…?

왜 이리 쪼그매졌지…?

조심해!!!
썬더헤어!!

지금의 쿼푸을은…
저번보다 8배 강한
2차 각성 상태!!

뭐?

이젠…

이젠 나도
쉬고 싶어…

저 끝에
닿으면…

나도 화려한
싱글을 내려놓을 수
있을까?

정신!!!

아직도 나약한
환상에 사로잡혀
있는 건가!!

누…

누구야?!

저 밑에
있는…

사랑의 끝을
보아라!!

가혹한
현실의 칼날!!!

촤

악

하하….

역시 대장이야….
그런 곳에
가혹한 현실의 칼날을
숨겨 놓았다니….

하아

하아

쿠….

쿠….

부들

부들

푸하

쿼아아아아아!!

아

아악

이제 그만…

솔로들의
세상에서
사라져버려!!

여…

여기는….

정 과장은
과연 꿈을 이룰 수 있을지···

위…
위험하다고?!
그건 좀…

많이…
위험할 겁니다.

쿠구구구구…

디테일에는
목숨을 걸어야
하는 법이죠.

안 돼!!
천만 구독자 난
절대 포기 못 해!!

어떻게 되든
상관없으니
진행해줘!!

이런 이런…
고작 방송 하나에
목숨을 거시다니…

이건 절대
사용하지 않으려
했건만….

슈아아아

덜컹

머지않아 가상과 실제를
구분하기 힘든 세상이 오겠죠?

힝…

요새 갑자기 뱃살이 느는 것 같은데….

크크크크크, 이제 나잇살까지 추가됐군.

주리야, 저기 유명한 헬스장이 새로 문을 열었다는데… 한번 다녀와 봐.

비용은 엄마가 댈게.

네?! 정말요?! 아니… 우리 집에 돈이 어디 있다고….

어… 그게 서너 달쯤 전에 묻어놨던… 아니,

묵혀뒀던 적금이 나올 게 있어서… 어쨌든 다녀오렴.

상금이
2억 4천 8백만 원
이라니까…

다들 열심히
하시나봐요.

2억 4천 8백?!

찌릿~!

열심히
하겠습니다!!

하낫! 둘!
하낫! 둘!

하나…
둘…

상금은
내 것이다!!

헥… 헥

뭐…
뭐지…

어째 더
붙기만 한 것
같은데…

힘겨웠던 과거를 이겨내고,

다시 새로운 삶을 시작하려는 전 국가대표 정주리 씨!

매일 아침 줄줄산 달리기로 기분 전환을 하는 게 정신 건강의 비결!

다름이 아니라…
배경들이 심하게 왜곡되어
있다는 항의 요청이
너무 많이 들어와서…

조작이 아닌지
확인하러 실제 현장을
답사하려고 하는데요.

푸와아아아
아아아악!!

뭐?! 현장
답사를 온대?!!
이를 어째?!

주리 누나…
대회 규정을 보면
부정 행위 시
위약금 48배를
보상해줘야 한대.

뭐?! 48배?!
다 팔아도 소용이
없잖아!!

가족 여러분!!
제발… 제발
도와주십시오!!

어휴…
어쩔 수 없지… 같이
노력해 보자꾸나.

203

반대편 좀 더 깎아주세요.

고중력 발생 장치 가동.

으아아아악!! 완벽해!!

의심 많았던 <바디 프로필 킹킹>의 촬영 배경, 전부 사실로 밝혀져!!

미스터리 착시 마을 <줄줄동> 새로운 관광지로 급부상!

진짜와 식별되지 않을 정도로
정교한 영상이 범죄에 악용되는 세상이라
어설픈 사진 왜곡은
즐거운 추억처럼 느껴질 정도예요

못 보던 펫들이 많아졌네….

주인과 정령펫의 영혼을 연결하는 어둠의 계약으로

정령펫의 불행은 곧 주인의 불행….

동물 학대 문제에서 완벽히 자유로운 사업모델이지요!

영원히… 그대를 섬길 것을…

피로 맹세합니다!

쿠쿠쿡… 네 녀석이 나의 집사인가….

네, 아가씨. 정령펫 사업이 성공적으로 자리 잡고 있습니다.

심지어
어떤 펫에 간택될지도
알 수 없는데
이런 폭발적인
반응이라니.

바로
그래서 사람들이
찾는 거예요.

역시 아가씨는
선구안이
대단하십니다.

진정한
인연이란…

어떤 준비나
계획 없이 불쑥
찾아오니까요.

헤헤헤.

이히히.

어서 오십시오.
오늘 2시 예약하신
정 과장님 가족분
되십니까?

네!!

펫숍인데…
아무것도
없네요?

정령펫은
정령계에서 바로 소환하기
때문에 어떠한 물건도
필요 없습니다.

작가 놈들
잔머리만 늘었네,
정말….

정 과장님…

당신은…

파

앗

이미 펫입니다!
놀랍군요!

이미 펫이
있다고요?

아뇨. 당신이
펫이라고요.

주인이
누군데요?

누구겠어,
집에나 가자.

네….

217

정신줄 놓은 즉흥적인 판단 말고···
평생 함께할 가족을 맞이하는 만큼
정말 신중했으면 좋겠어요

신기하네…

앨리스?

내 말
들리니?

마나의 형태를
보면 펫인 것 같은데,
말을 다 하네?

정말 희귀한 펫이네.
낯가림이 없는 걸 보니
사람 손은 탄 것 같은데…

혹시
주인을 잃은 거니?
유기펫 보호소로
데려다줄까?

웅?

뭔 소리여…?

어머, 유기라니.
엄연히 내가 데리고
있는데~

아,
주인분이셨군요~
실례했습니다.

저… 그보다 혹시…

용사 **정신**을 보신 적 있나요?

용사 정신? 그게 뭐야??

정신이 오빠를 말하는 거 아닐까요?

근데 앨리스가 대체 왜 저러고 있는 거니?

코스프레 중인가 봐요.

아~ 앨리스가 고생이 많네.

요… 용사 정신을 아시는 건가요!! 지금 어디 있죠?!

으… 응? 뭐 우리 집에 있지 않을까?

걔가 뭐 어딜 가겠어?

221

당장 갑시다!!

긴급 상황이니 어서 알려주세요!!

으… 으잉? 앨리스야, 너 그 꼴로 밖에 나가도 되는 거니?!

아니!! 저… 저 사람은! 썬더그룹 회장 앨리스 아냐?!

대체 무슨 코스프레지?!

새로 출시하는 썬더폰 24의 컨셉인 건가?

이건 아무래도 특종 같군! 크흐흐!!

방송사에 비싸게 팔 수 있겠어!

썬더그룹 앨리스 회장
건강 이상설?!

딱 봐도 몹시 위독해 보이는
앨리스 회장

파타지 코스프레에

나온지 8초
꼴사납게
다시 기어
모습

숨겨진 의도

자신과 닮은 이를 발견한 앨리스
미세먼지를 들이마신 앨리사
모두 정신줄 놓겠네요

시즌**3**
놓지마정신줄!! 21화 · 22화 · 23화 · 24화

태초의 왕국으로

때는 정령계와 인간계가
합쳐지기 얼마 전….

정신아.
우리 나가 있는 동안
집 잘 지키고 있으렴.

넹.

에휴…
다녀왔습니다….

회의가
끝나질 않네요….

앨리스,
어서 오렴~

요새
자주 오는 것
같구나?

아, 여기가 편하거든요.

정신이네 집 역

그런데 정신이는 어디 있나요?

그래도 앨리스가 와서 안심이네.

너무 어질러 놓진 말고 잘 놀다 가렴~

네, 어머님~

......? 뭘 그렇게 열심히 보는 거야?

뭘 보긴! 오늘은 전설의 프로게이머 골디X의 은퇴 경기가 있는 날이라고! 단 1초도 놓치지 않겠어!

…그래?

전 세계 모든 사람들이 지금 이 경기를 기대하고 있어!

즐거워하는
정신이 얼굴을
보면…

회사 일로
짜증 났던 게
하나도
기억이 안 나…

역시
이 자리에 있을 때…
가장 행복해.

그런데…
우리 관계…
계속 이대로가
맞을까…?

두근

두근

두근

이제 슬슬…
말해도 되지
않을까?

232

맞다!! 얼마 전 실험으로…

정령 마법진을 통해 엄마의 핸드백을 사랑헤어로 보내는 데 성공했었지!

그렇다면 치킨을 소환하는 것도 가능할 거야!!

안랙술! 잠시만 기다려!

치킨을 금방 소환해올게!

무… 뭐? 치킨을 소환해?!

태초의 왕국에서 시작되는
정신이의 정신줄 놓은 모험은
다음 화에 계속...

왜… 왜 내가 갇혀 있는 거지?!

으으… 창살이 너무 촘촘해서 빠져나갈 수도 없겠어….

네 말대로 저 짐승은 위험해 보이진 않지만, 뭔가 기분 나쁜 건 사실이야!

저건 틀림없이 사악한 곳에서 소환된 악마일 거라고!

당장 저 동그란 악마를 죽여야 해!

잠깐만요, 할아버지! 그렇게 처분을 서두를 필요는 없잖아요!

저게 하늘에서 떨어진 이유와… 제 이름을 어떻게 알고 있는지부터 알아야 해요!

끄응….

혹시나 위기에 빠진 우리 태초의 왕국을 구해낼 전설의 용사일지도…

흥! 저딴 게 용사일 리가 없잖아!

아유! 그럼 신탁 좀 구체적으로 받아놓든가요!!

"184cm에 76kg 은발의 미소녀" 이렇게 받으면 좀 안 되나!

용사?! 위험?

태초의 왕국?!

아하, 여긴 뭐 그렇고 그런 게임이나 웹툰 속 이세계인가?

정확히 보았군! 나는 하늘에서 내려온 용사!

이 좁고 지저분한 곳에서 날 꺼내지 못할까!!!

난 앨리사인데.

내가 잘못 들었구나. 죽이세요.

자… 자자잠깐! 앨리사!!! 잠깐만요오오오!!!

저도 이곳에 오고 싶어서 온 게 아니라고요!

마법진을 고치다가 실수하는 바람에…!

마… 마력의…

마법진 이라고?!

자꾸 꼬여가는 상황!
이래서야 모험을 시작할 수나 있을지!?

정말로 저 수상한 녀석을 마법진으로 데려갈 거냐?

별로 좋은 생각은 아닌 것 같다만….

…밖을 좀 보시죠.

어차피 이래 망하나 저래 망하나 똑같은 상황이에요.

아, 그러네. 이미 망했구나 우리.

일단 데려가 보자고요.

마법진도 고쳐봤다고 하고….

몰라요… 으으…

나는 아무것도 몰라요

그 고통스러운 심문을 겪었어도 수상한 점은 없었으니까요.

250

태초 왕국의
마법진

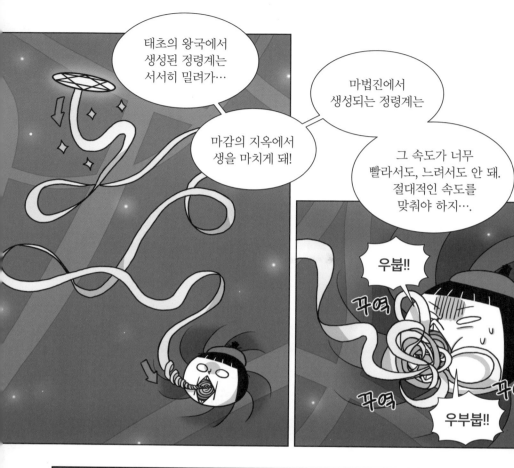

속보입니다! 정말로 자고 일어났더니 세상이 바뀌었습니다!

지난밤 갑작스레 나타난 차원에서… 뭔가 다른 존재들이 쏟아지고 있습니다!!

거리에 있는 시민들의 반응을 보겠습니다!

거기 계신 아주머니! 혹시 옆에 있는 의문의 존재가 위협적이진 않습니까?

응?

쟤요?

아이고― 우리 바닥이가 얼마나 착한데요― 이런 착한 정령이 없다니까요―

청소도 잘해, 빨래도 잘해.

헤헷. 기자님도 혹시 힘든 고민 있으시면 제가 들어드릴게요.

후후…
그래… 이해해.
이해는 해.

사악한 악마들이
다 망가뜨린 걸…

그래, 누구든
그런 실수는 할 수
있다고 생각해.

하지만
책임은 져야
할 거야.

네가 운 나쁘게
살짝 건드려서
작살이 난 거니까….

온 세상이
엉망이 되었으니….

하지만 초고대 문명의 비밀스러운 암호로 적혀 있어서

아직 그 누구도 해독하지 못했지….

설명서

제발 읽으셈

……

뭐?! 그 고대 문자를 해독할 수 있다고?!

음… 뭐, 대충?

84번. 마법진이 깨졌을 경우….

84) 마법진이 깨졌을 경우.

ㅋㅋㅋㅋㅋㅋㅋ 이제야 읽은 거셈?
진작에～ 설명서 봤으면～
이지경까지 안 왔으셈～
율라 꼬심ㅋㅋㅋㅋ 난 모름～
알아서 잘 붙여보셈ㅋ

빠이빠잇ᆺ

……

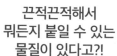

끈적끈적해서 뭐든지 붙일 수 있는 물질이 있다고?!

대체 뭐야, 그건! 마법인가?!

그럼, 대체 평소에 뭘 붙일 땐 어떻게 하는데?

실로 꿰매거나… 정교하게 홈을 끼워 맞추거나… 나사못을 박는데?

이럴 수가….

자연에서 추출한 물질로도 꽤 괜찮은 접착제를 만들 수 있어!

아교라는 건데, 소가죽이나 어류의 부레를 녹여 만들….

정신줄 꽉 붙들고
풀기 어려운 문제에 맞서는 노력!
정말 중요합니다!

시즌3
놓지마정신줄!! 25화

썬더그룹 회장 앨리스

저…

정신아…?

얘가…
어딜 간 거야?

정신아—!!!

정신아아
아아아아!!!

아, 아가씨!
꼴이 엉망입니다!

정신이…
정신이가 없어요
오오오….

줄줄 치킨

제발… 제발
아무 일 없어줘…
정신아!!

앨리스야!
대체 무슨 일…

으윽!!!

회장님!!

더는 위험합니다!
제발 그만두세요!!

회장님!!!

하아..

하아..

아… 안 돼…
아직… 아직
그럴 순 없어!!

으윽!!

찌

릿

허억..

허억..

앨리스야.
지금이 딱 좋은
온도란다.

너무 찰 때도,
너무 뜨거울 때도
좋지 않아…

곧 너도
알게 될 거다….

앨리스 회장님~
축하드립니다~

축하드립니다~

급히 회장실로
가셔야 합니다,
앨리스 회장님!!

취임식 하시는 동안
쌓인 서류들이
482건입니다!!

콰

콰

콰

콰

으아아아아아
아아아아아

회장님!!
매출이 급락…!

회장님!
당장 결정을!!

+844
안 읽은 메일

회장님!
실수하면 24만 명이
일자리를 잃…!

잠깐!!!!!

쿵당

탕

나는 정신이를
찾아야 한다고요!!

회장님?

아니, 정신 차려.
앨리스.

내가 이제
이 회사를
책임져야 해.

…알겠습니다.

수고하셨어요.

서류는 바로
검토하겠습니다.

회장 앨리스

유일한 안식처를 잃은 앨리스
어떻게 변해갈지 걱정이네요

놓지마 정신줄!! 시즌3
2권으로 이어집니다.

놓지마 정신줄 1 시즌3

초판 1쇄 발행 2023년 12월 26일
초판 2쇄 발행 2024년 1월 5일

글 / 그림 신태훈, 나승훈
펴 낸 곳 웹툰북스
신고번호 제2016-000096호

공급처 도서출판 더블북
주 소 157-735 서울시 양천구 목동서로 77 현대월드타워 1713호
전 화 02-2061-0765
팩 스 02-2061-0766
이메일 dooblebook@naver.com

ISBN 979-11-93153-13-0 (04810)
         979-11-93153-12-3 (세트)